Lucienne Erville - Marcel Marlier

Le chat Follet sur la patinoire

CASTERMAN

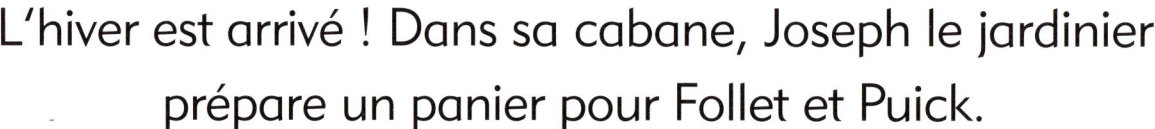

L'hiver est arrivé ! Dans sa cabane, Joseph le jardinier prépare un panier pour Follet et Puick.
– **Youpii !** s'exclame Follet.
Nous allons passer tout l'hiver ensemble.

– Et le jardinier a dit que, dans trois jours, nous pourrions marcher sur l'étang gelé.
Ça va être chouette ! s'exclame Puick.

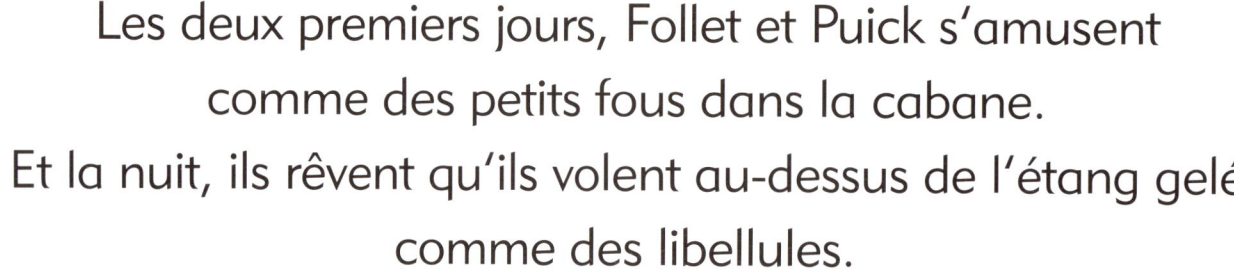

Les deux premiers jours, Follet et Puick s'amusent comme des petits fous dans la cabane.
Et la nuit, ils rêvent qu'ils volent au-dessus de l'étang gelé comme des libellules.

Le troisième jour, Puick met le bout du nez dehors.
Mais il rentre vite dans la cabane.
– **Bouh !** Le gel ça pique et ça mord
et pourtant on ne le voit pas !

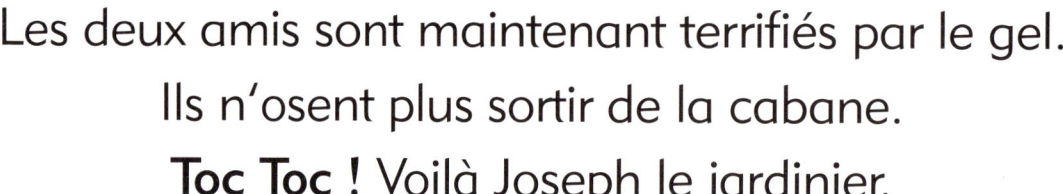

Les deux amis sont maintenant terrifiés par le gel.
Ils n'osent plus sortir de la cabane.
Toc Toc ! Voilà Joseph le jardinier.

– Follet, Puick, ça y est, l'étang est gelé !
En route ! s'écrie le jardinier.
– Avec lui, rien de mal ne peut nous arriver, Puick.
Suivons-le !

Joseph transporte Follet et Puick dans une brouette remplie de feuilles mortes.

– C'est confortable et bien chaud, dit Follet.

– **C'est parti !** Direction l'étang, s'écrie Puick.

Les deux amis traversent tout le jardin à bord de la brouette.
— Regarde Puick, il n'y a plus de fleurs dans le parterre ni de feuilles sur les arbres.
— Et avec les rayons du soleil, les brins d'herbe ressemblent à des vers luisants, remarque Puick.

Quelle surprise ! L'étang est tout blanc.
– On a sûrement versé du lait dedans.
J'aimerais bien pouvoir y goûter, se dit Follet.
Hihi ! Puick éclate de rire !

Joseph lance une pierre vers le milieu de l'étang
pour vérifier la solidité de la glace.
– Parfait ! La couche est assez épaisse !
Vous ne craignez rien. **Allez-y !**

Follet se lance sur la glace,
dérape et se retrouve sur le dos.
— **Brr !** Que c'est froid, la glace ! dit Follet.
Puick rejoint prudemment son ami et l'aide à se relever.

Cette fois, Follet et Puick glissent sur l'étang en se tenant la main.
– À deux, c'est beaucoup plus facile, pas vrai Puick ?
– Tu as raison, répond Puick. C'est chouette les glissades !

Le vieux Médor, Zouzou le Teckel, Plume la levrette
et les chats de mademoiselle Sidonie
regardent les deux amis
qui s'amusent sur la glace.

– **Bonjour les amis !**
Venez nous rejoindre, crient Follet et Puick.

Les sept compagnons arrivent sur la glace.
Aussitôt ils se bousculent,
ils tombent pêle-mêle
et s'amusent comme des fous !

– Si nous dansions sur la glace ?, propose Plume la levrette.
Mais, il faut de la musique…
– La musique ? On s'en occupe,
disent les moineaux perchés sur le vieux hêtre.
Tous se mettent à danser en rythme sur l'air des oiseaux.

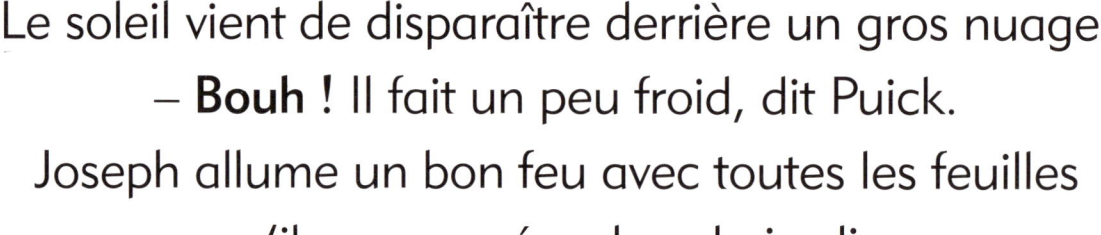

Le soleil vient de disparaître derrière un gros nuage.
– **Bouh !** Il fait un peu froid, dit Puick.
Joseph allume un bon feu avec toutes les feuilles qu'il a ramassées dans le jardin.

Follet, Puick et leurs amis viennent se réchauffer autour du feu qui s'éteint petit à petit.
Il est temps de se dire au revoir et de rentrer chez soi.
– Tu viens Puick, on va manger quelque chose, dit Follet.
Le sport, ça creuse !

Martine un personnage créés par Gilbert Delahaye et Marcel Marlier / Léaucour Création.

http://www.casterman.com
© 2010 Casterman.
D'après « Le chat Follet sur la patinoire » Lucienne Erville.
Achevé d'imprimer en février 2011, en Espagne. Dépôt légal : janvier 2010 ; D. 2010/0053/6.
Déposé au ministère de la Justice, Paris (loi n°. 49.956 du 16 juillet 1949 sur les publications destinées à la jeunesse).
ISBN 978-2-203-02897-5